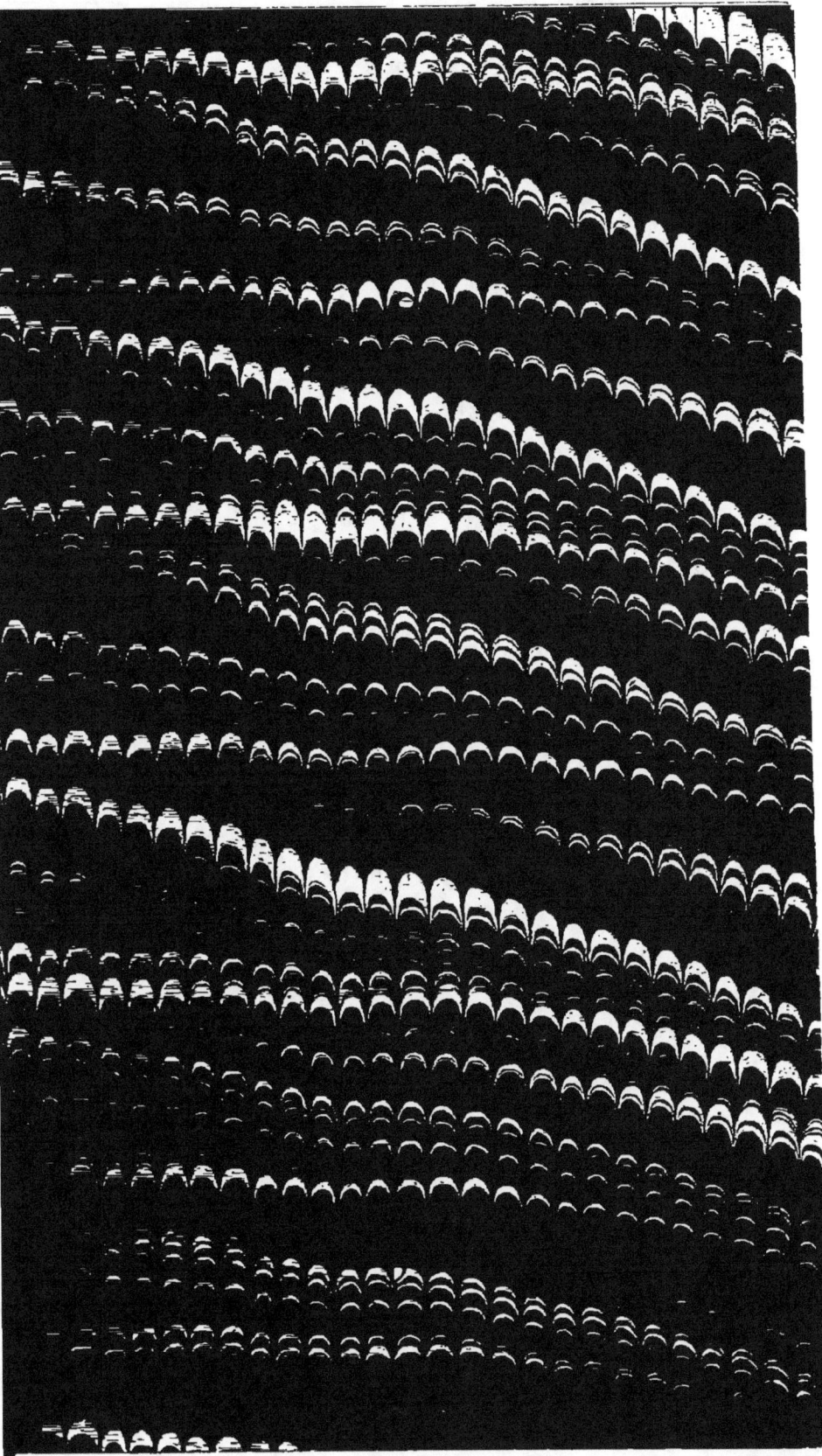

LETTRES

SUR

LA PEINTURE,

A UN AMATEUR.

...... Voyons tout par nos yeux :
Ce font là nos tré-pieds, nos oracles,
nos Dieux.

OEd. de Volt.

A GENEVE.

M. D. C. C. L.

LETTRES

SUR

LA PEINTURE.

A M. *** .

 'A IME à voir comme vous,
Monſieur, la nombreuſe af-
fluence de monde qu'attire
au Louvre l'expoſition des
Tableaux ! Il reſte encore
quelque goût en France, n'en doutons pas,
puiſqu'il y paroît encore de belles choſes;
& qu'on ſait les y admirer. Louons nos
très-chers, mais très-légers Compatrio-
tes, qui ſemblent oublier à cette occaſion,
leur inconſtance naturelle ; & qui perſé-
verent , depuis preſque quinze jours,
dans une attention ſoutenue ; & peut-
être réfléchie ! Faiſons mieux : pro-
fitons du moment favorable; & tandis

qu'il eſt permis de parler des **Arts**, avec
quelque eſpoir d'étre écouté, examinons
celui dont il s'agit; voyons ce qui lui
attire particulierement notre admiration
& nos hommages; & payons pendant
que l'occaſion s'en préſente, un tribut
de louanges, libre & ſincere, aux perſon-
nes eſtimables & célébres qui les pro-
feſſent.

Ne vous attendez à aucun ordre dans
cette Lettre; il me gèneroit trop auſſi-
bien que vous: mais ſurtout, n'allez pas
croire que je prétende régler ici les rangs
parmi nos Peintres célébres, comme le
pourroit faire quelque Pédant dans ſon
Collége. Je diviſerai cet Ouvrage en
deux parties. Dans la premiere, je vous
entretiendrai des meilleurs Tableaux; &
je m'étendrai particulierement ſur ceux-
ci. Dans la ſeconde, j'examinerai les médiocres; & je le ferai avec tous les égards
& le ménagement poſſibles. Nous devons
toujours une ſorte d'attention à leurs
Auteurs, malgré la ſubordination de
leurs talens. Il ſeroit trop injuſte de la
leur refuſer, ſurtout dans le tems où elle
leur eſt le plus néceſſaire. Il y a un com-
mencement & une fin à tout. Ceux qui
atteignent l'une ont néceſſairement paſſé
par l'autre. Il ne faut que du tems & des

conſeils pour y parvenir. Nous ne devons point les leur épargner ; c'eſt à nous
d'abreger la carriere des Arts, d'en ap-
planir les difficultés autant qu'il eſt poſſible ; & d'encourager par nos applau-
diſſemens ceux qui y courent, &c. Je ne
dirai rien des Tableaux qui ſeront ab-
ſolument mauvais ; parce que ce qui eſt
indigne d'attention n'eſt pas digne de la
critique. Il me ſemble d'ailleurs fort inutile d'affliger leurs Auteurs , qui ſont
peut-étre les plus contens du monde. Ce
ſeroit une cruauté trop grande que de
les tirer du Paradis. Nous devons les y
laiſſer néceſſairement , pour notre repos
& pour le leur. Qu'on expoſe de ces
ſortes de compoſitions au Sallon , à la
bonne heure ; c'eſt le mieux penſé du
monde, ils y ſont néceſſaires. Ils ſervent
à réhauſſer l'éclat des Ouvrages qui va-
lent mieux ; & prétent ſouvent un luſtre
aux médiocres , qui ſe ſoutiendroient
difficilement ſans ce ſecours. Mais je
crois qu'ils figureroient mal ici. Mes cri-
tiques ne ſeroient qu'affliger leurs Auteurs , ſans leur étre beaucoup plus uti-
les. A quoi bon parler de goût , à gens
qui les trois quarts du tems ne le ſen-
tent pas ; & que ſert de prêcher le génie
à ceux qui n'en ont point ? Je commen-

ce, en vous répétant que je ne suis autre ordre dans tout ceci que celui que me fournit ma mémoire.

Le premier qui se présente est M. Nattoire, fameux par un grand nombre d'excellens ouvrages, qu'on voit de lui dans différentes de nos Eglises ; & en dernier lieu par la Chapelle des Enfans Trouvez, qu'il vient d'achever récemment & qui vaut elle seule tout un Sallon. Je ne vous parlerai que de ceux qu'il a exposés dans celui-ci. Le plus considérable, sans contredit, est une grande composition, représentant un Triomphe de Bacchus. Ce Tableau est savant & des mieux ordonnés ; les figures y sont multipliées, mais sans confusion ; & on remarque dans la plûpart une grace, & une élégance qui intéressent. Je n'ai pas besoin de vous vanter le dessin de M. Nattoire, vous savez trop bien sa supériorité sur cet article ; mais je suis fâché qu'il ne soit pas aussi louable dans son coloris, toujours plombé & livide ; & qui dépare entierement ses plus beaux ouvrages. Le défaut est d'autant plus remarquable dans celui-ci ; que toutes les figures y sont nues ou du moins drappées à peu de frais. Mais il est avantageusement racheté dans ce Tableau par un nombre infini de beautés toutes plus éclatantes les unes que les autres.

Je n'appuyrai pas beaucoup fur les deux qui reftent de M. Nattoire : l'un repréfente un Chrift ; & l'autre l'Amour qui aiguife fes traits ; ce Dieu a plutôt l'air ici de l'Hymen ; & le Tableau en général fe fent du froid qu'infpire ordinairement cette Divinité.

M. Boucher s'eft diftingué cette année , à fon ordinaire , dans plufieurs genres. On voit de lui un Tableau de Dévotion , quatre Sujets galands ; & deux Payfages. Il eft le même dans tous fes ouvrages ; je veux dire toujours vif, toujours animé , toujours abondant. Son Tableau de Dévotion, qui eft une Nativité ; eft traité de la maniere du monde la plus intéreffante. On n'y voit que ce qu'on a coutume d'y employer ordinairement ; mais ce fujet , quoique fi fouvent remanié paroît ici abfolument neuf. Ce qui y fixe d'abord l'attention eft l'enfant Jefus, couvert de langes , & enfeveli dans le fommeil. Sa mere y eft comme occupée à détourner le bruit qui pourroit le réveiller, ce qui paroît par fon attention & l'admirable empreffement qu'on remarque dans toute fa figure. L'attention refpectueufe des

Bergers, qui font auprès en adoration ;
acheve d'exprimer le repos & le filence
qui femblent regner dans ce Tableau.
Tout eft remarquable dans cet ouvrage :
l'air fin & féduifant de la plûpart des
figures , l'élégante naiveté de leurs
attitudes, & la finguliere variété de leurs
caracteres. Sa couleur femble le difputer
à fon deffin , & acheve d'en faire un
tout parfait , par l'union admirable &
l'entente qu'on y remarque. Le fond en
eft occupé par une Gloire vague & légere;
ce qui convient merveilleufement à fon
fujet : elle femble repréfenter l'Aurore
qui dut annoncer le Sauveur du monde ;
c'eft la lumiere pure d'un Soleil naiffant.

M. Boucher n'eft pas moins admirable
dans fes Paftorales : On ne fauroit y
mettre plus d'efprit & de goût ; & de ce
charme qui lui eft tout particulier. Quelqu'un voudra peut-être objecter que ce
n'eft pas ici la place de l'efprit ; & me
renverra aux Eclogues de M. de Fonte-
nelle ; où on l'y a trouvé fi défectueux ,
& à jufte titre. Mais avec fa permiffion ,
ces deux chofes me paroiffent fort différentes ; & ont befoin d'une courte ex-
plication. La Peinture & la Poéfie fe
reffemblent ; mais l'une eft muette, l'autre a cent façons de s'exprimer : on juge

bien par conféquent que la premiere ne fauroit trop animer & réveiller fes compofitions. Quelque abus qu'un Peintre faffe de fon efprit, fes fautes ne feront ni fi remarquables, ni fi vicieufes que celles du Poëte : il aura beau fatiguer fon pinceau, il eft bien fur qu'il n'en fortira jamais ni Madrigaux ni Epigrammes.

Les Payfages de M. Boucher, dont il nous refte à parler, font vifs & pitorefques ; & tout a fait dignes de ce célebre Artifte.

Tout le monde admirera, je crois, M. Vanlo dans fon tableau de l'Amour ; c'eft j'ofe le dire un des plus précieux qu'on voye dans le Sallon. La figure en eft noble, aifée, deffinée élégament ; & coloriée comme malheureufement on ne colore point. On ne peut rien de mieux touché & de plus piquant que fon grand Payfage ; rien de plus gracieux ni de mieux fini que fon Tableau de la Vierge & de l'enfant Jefus, où l'enfant eft digne de Rubens. Sa Venus au bain eft tout a fait intéreffante ; de même que la Veftale ; quoique ce dernier Tableau foit un peu fec. On fent bien que M. Vanlo a voulu y fatiguer fes chairs le moins qu'il lui étoit poffible, pour mieux exprimer le caractere de virginité qui

étoit de fon fujet ; mais on s'apperçoit,
en même-tems que la nature ne lui a pu
fervir en cette occafion ; & qu'il n'a pu
peindre cet objet que d'idée , & comme
un beau fantôme, que lui retraçoit fon
imagination. La queftion étoit de chercher un beau modele de Vierge, quelque part ; mais en bonne vérité où le
trouver !

Quant à l'Evêque d'Hyppone du même
Auteur, autrement dit le Sacre de Saint
Auguftin, (grande machine) cela eft
fort bien fait affurément ; mais furtout
on remarque dans ce Tableau des étoffes,
& des caraéteres de téte admirables. Je
ne critiquerai rien de cet habile homme,
au contraire je me profternerai devant
fes compofitions & jadorerai fon coloris ;
mais qu'il me permette de lui dire que
dans fon beau Payfage , devant ce lointain
fi admirable , font des Beftiaux qui ne le
font gueres. Pourquoi faire fi lourds des
Animaux qui le font déja tant par eux-
mêmes ? Berghem a-t-il jamais peint de
pareils Bœufs ? Un Peintre habile doit
reétifier la nature en l'imitant ; furtout
quand il s'en eft rendu maître comme M.
Vanlo. Il doit retrancher adroitement ce
qu'elle a de trop, & ajouter à ce qui lui
manque. Il faut qu'il fonge à peindre

toujours en beau, autant qu'il lui eſt poſſible, & que l'occaſion ſemble le permettre : les Peintres & les Poëtes ſont les panégyriſtes de la Nature.

J'abrege ces réflexions pour parler de M. Reſtout, qui ſe plaindra peut-être qu'on l'a fait un peu attendre ; mais ce n'eſt pas qu'on l'oublie. On voit deux Tableaux de cet Auteur, tous deux un peu durs, un peu chargés, & un peu verdâtres ; particulierement celui dont le ſujet eſt une Tranſlation.

Celui qui repréſente la continence de Scipion ſemble un peu mieux colorié ; mais pour le coup, M. Reſtout me permettra de lui dire que ce ſujet ne lui convenoit en rien. Il s'agiſſoit d'y caractériſer dans tout ſon éclat, une perſonne célebre par la beauté dont les charmes étoient ſi forts & ſi puiſſans qu'il étoit comme impoſſible d'y réſiſter : On relevoit parlà adroitement, le mérite de Scipion qui eut le courage prodigieux d'en triompher ? Point du tout ; on ſe contente de nous croquer ici ſéchement une matrone de la plus mauvaiſe grace du monde ; & qui n'eſt remarquable uniquement que par ſa laideur. Ce n'eſt point là ce qu'il falloit encore une fois, mais M. Reſtout ne pouvoit pas mieux faire dans ce genre. Cet Auteur devroit bien s'étudier a mieux connoître ce qui lui eſt propre. Comment pouvoit-il nous donner quelque idée de la beauté, lui qui n'a pu, encore atteindre à nous repréſenter des caracteres ſimples & ordinaires ? Je n'en veux pour exemple que ſes Tableaux de Dévotion, qui ſont comme on ſait le fort de cet Auteur. Cependant quelles attitudes dures & forcées n'y voit-on pas ? Quelles grimaces pour des expreſſions ? Quels airs de tete effrayans & bizarres ! S'il étoit queſtion de comparer cet Auteur à quelqu'un de ſes Confreres en peinture, je ferois véritablement fort embarraſſé ; mais s'il ne falloit que chercher un homme qui lui reſſemblât, je le trouverois dans la perſonne du célebre fou de S. Victor. Il me ſemble qu'on ne vît jamais d'hommes plus reſſemblans : M. Reſtout eſt préciſément dans ſa maniere de peindre. ce qu'étoit Santeuil dans ſa façon de réciter :

Il me ſemble en lui voir le Diable,

Que Dieu force à *peindre* les Saints.

Venons actuellement à M. du Mont le Romain. M. du Mont me ſemble faire autant d'efforts pour s'éloigner de la nature que quelques autres en prennent ordinairement pour s'en approcher. Il s'épuise à chercher une maniere qui lui coûte beaucoup ; & qui n'en vaut gueres mieux, puisqu'elle ne ressemble à rien de naturel. Je me plaindrai d'autant plus sur ce sujet, qu'on voit tous les jours des Peintres, qui n'ont pas le même talent, donner dans le même ridicule. Tout y visent grands & petits ; c'est proprement le péché originel, en Peinture. On va voir ce qu'a produit cette affectation. M. du Mont a exposé cette année deux Tableaux, extrémement travaillés, dessinés & peints tous deux avec la même sévérité ; & où on le reconnoît enfin, pour tout dire. Ces deux Tableaux sont précisément la même chose ; & se ressemblent comme s'il eussent été travaillés dans le même dessein, & peints, comme on dit, d'une même palette. Les sujets en sont néanmoins totalement différens ; l'un représente un S. Sébastien, mort, remarquez s'il vous plaît ; l'autre la Déesse de la Santé ; ce qui comme vous voyez ne se ressemble gueres. Je ne m'amuserai point à vous décrire ces deux Tableaux, puisqu'ils se ressemblent si parfaitement ; mais je crois devoir faire une obfervation fur la façon dont on nous repréfente la Santé dans le fecond. Cette Déeffe y paroît affiffe fur un nuage ; & tenant en fa main une Baguette, entrelacée d'un Serpent. Je ne puis louer M. du Mont de cette idée, puifqu'on nous dit qu'il l'a prife dans un autre ; & que furtout elle n'eft pas fort louable : mais il me paroît qu'on eut mieux réuffi à nous caractérifer cette Déeffe, en mettant plus de jeu & de légereté dans fon attitude ; & en lui donnant plus de fraîcheur & de vivacité. D'ailleurs eft-ce dans les Livres que les Peintres & les Poëtes doivent puifer aujourd'hui des allégories ! n'eft-ce pas plutôt dans leur imagination : & cette qualité n'eft-elle pas la premiere qu'on leur demande ? M. Greffet ne s'eft point amufé à chercher ailleurs quand il a fallu nous repréfenter en vers le même fujet. Je mettrai ici le portrait qu'il a fait de la Santé, puifque celui de M. du Mont eft raté.

Il eft une jeune Déeffe

Plus agile qu'Hébé, plus fraîche que

Venus ;

Elle écarte les maux, la langueur, la

trifteffe,

Sans elle la beauté n'eft plus.

Les Amours, Bacchus & Morphée,

La foutiennent fur un trophée,

De Myrthe & de pampres orné ;

Tandis qu'à fes pieds abattue,

Rampe l'inutile Statue

Du Dieu d'Epidaure enchaîné.

Ame de l'Univers , charme de nos

années,

Heureufe & tranquile Santé ! &c.

Je ne puis en vérité m'empêcher de blâmer M. du Mont d'avoir dédaigné, ou méconnu une idée auffi agréable & fi pitorefque, puifqu'il vouloit tant faire que de s'affujettir à celles d'autrui.

Je fuis, &c.

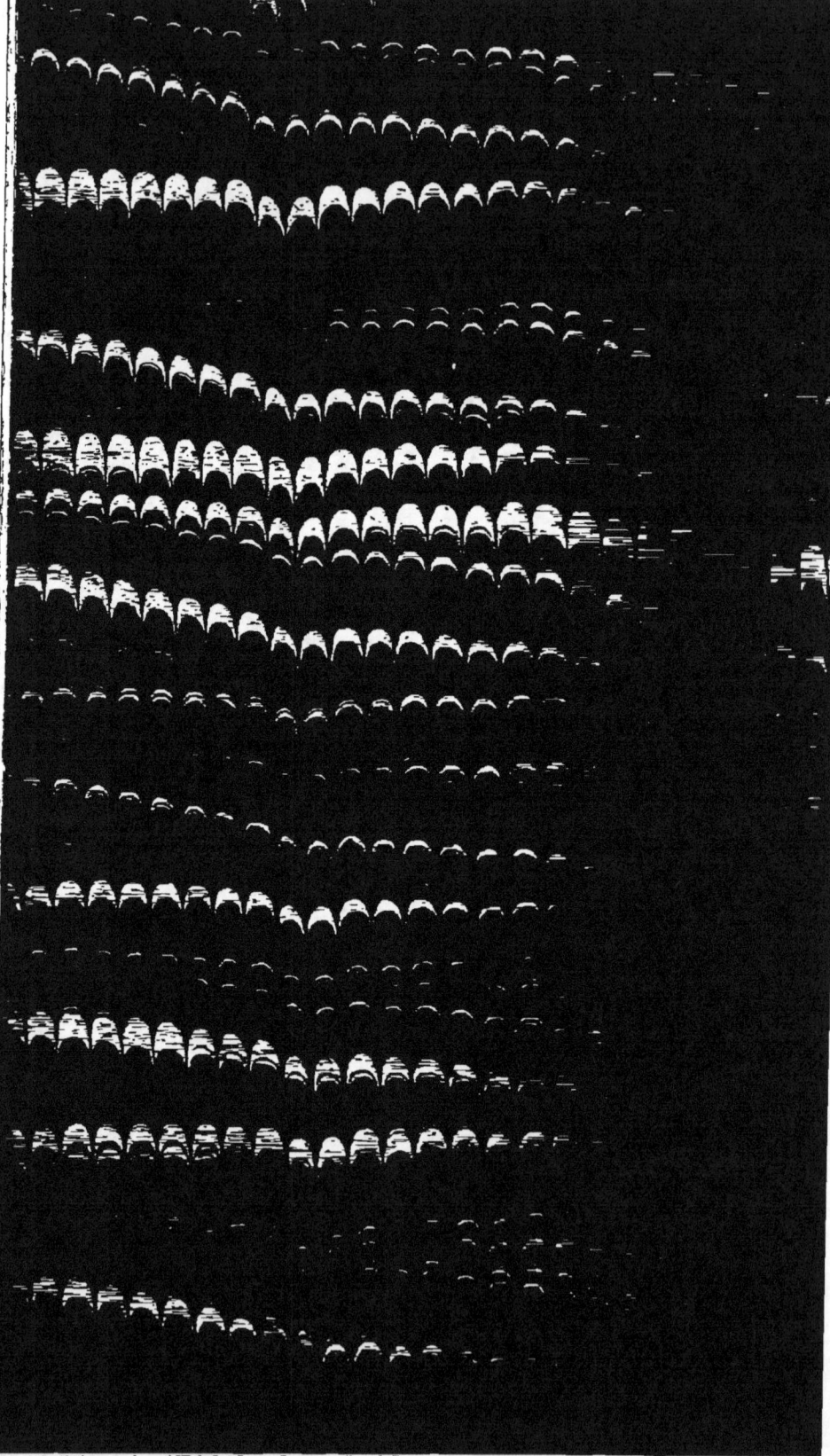

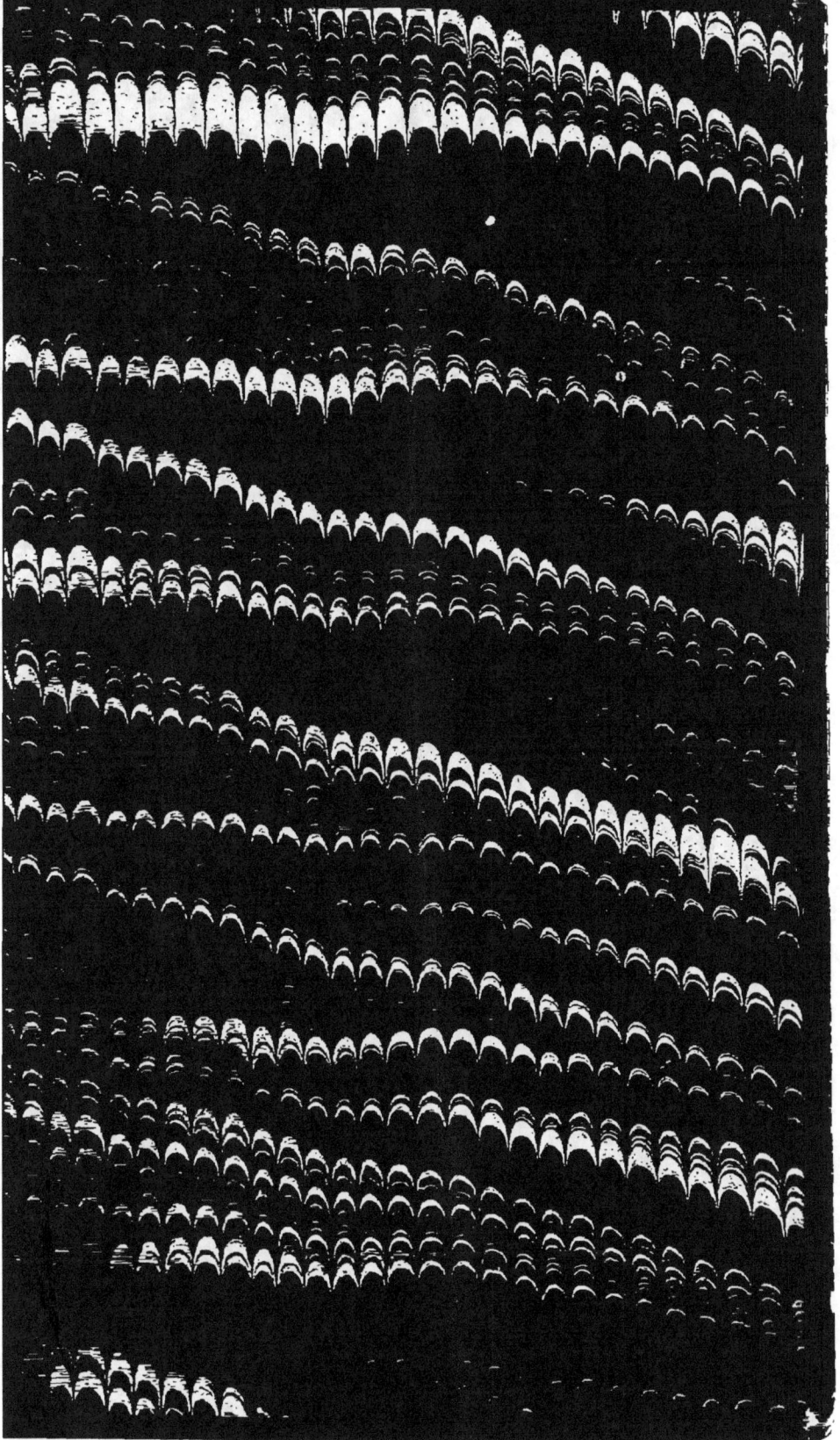

www.ingramcontent.com/pod-product-compliance
Lightning Source LLC
Chambersburg PA
CBHW061618180626
46818CB00005B/2134